Antonio Porchia

声音集

Voces

〔阿根廷〕安东尼奥·波尔基亚　　　　　　　　　著

王可　　　　　　　　　　　　　译

人民文学出版社

PEOPLE'S LITERATURE PUBLISHING HOUSE

图书在版编目(CIP)数据

声音集/(阿根廷)安东尼奥·波尔基亚著;王可译.
—北京:人民文学出版社,2020(2023.1重印)
(巴别塔诗典)
ISBN 978-7-02-015341-1

Ⅰ.①声… Ⅱ.①安… ②王… Ⅲ.①诗集-阿根廷
-现代 Ⅳ.①I783.25

中国版本图书馆 CIP 数据核字(2019)第 111653 号

责任编辑　卜艳冰　　何炜宏
装帧设计　高静芳

出版发行　人民文学出版社
社　　址　北京市朝内大街 166 号
邮　　编　100705

印　　刷　凸版艺彩(东莞)印刷有限公司
经　　销　全国新华书店等

字　　数　45 千字
开　　本　889 毫米×1194 毫米　1/32
印　　张　4.5
插　　页　5
版　　次　2020 年 1 月北京第 1 版
印　　次　2023 年 1 月第 2 次印刷

书　　号　978-7-02-015341-1
定　　价　65.00 元

如有印装质量问题,请与本社图书销售中心调换。电话:010－65233595

目录

安东尼奥·波尔基亚小记

W.S.默温

> 我知道我给了你什么，但我不知道你收到了什么。
>
> ——安东尼奥·波尔基亚

安东尼奥·波尔基亚（Antonio Porchia）的《声音集》（*Voces*）初版问世是在1943年的布宜诺斯艾利斯，这是一个私人发行的版本，没有引起多少关注。作者把一份书稿寄给法国评论家罗杰·凯卢瓦（Roger Caillois），凯卢瓦读后很受感动，选摘了一些警句来翻译，并于1949年附上简介将其出版。凯卢瓦公布他的发现时口气颇有伯乐施恩的意思，但这并不妨碍他感觉自己收到的作品很是稀奇；这些警句本身也经他翻译在当时的法国文坛觅得了不少知音。

凯卢瓦想知道究竟是怎样的人写下并寄来了这本令人惊异的书，他对此做了调查，然后"发现自己面前是一个五十几岁的男人，衣着体面——尽管既不考究也不优雅；他的职业是陶工或者木匠，我记不清了，而且他还是自营；他单纯而腼腆，以致我起先还单纯出于礼貌寻找一些托词，后来就直言不讳地了解到，他一生中从未听说过老子或卡夫卡"（凯卢瓦曾猜测他这位不知名的作者可能受到他们的影响）。

据凯卢瓦所见，《声音集》异乎寻常的内容在相当纯粹的意义上出自波尔基亚与文学毫无关联的人生经历。而关于他的人生及其际遇，大众几乎一无所知，仅有极为梗概的一点事实，放在任何一块墓碑上都会合适。安东尼奥·波尔基亚 1886 年出生于意大利，1911 年起生活在阿根廷，1968 年去世。《声音集》是他创作的全部，总共六百句上下。第一版之后陆续有几个版本，最晚近的一版（也是波尔基亚认为最完整的，尽管其中没有收录第一版的某些内容）问世于 1966 年，眼下这本选集正是在它的基础上完成。波尔基亚声称，其中有些警句经过数年时间发生了演变；有些被他删掉了，因为后面又有能更好传达相同意思的警句。但在他看来，这些警句与其说是他自己的创作，不如说是来自外界，只是由他听闻并记录而已。

凯卢瓦会猜测波尔基亚受到某些东方文本及卡夫卡等现代作家的影响是情有可原的。这些警句中有一部分同道教及佛教经书中的句子非常相似；另一部分使人想起诸多现代作家，不止是卡夫卡（Franz Kafka），还有利希滕贝格（Georg Christoph Lichtenberg），对于英语母语者来说则可能是威廉·布莱克（William Blake）。凯卢瓦满意地认定波尔基亚对这些可能的导师并不熟悉，这很有趣，而且令人惊讶，它最终在很大程度上成为一件引人好奇的事，对于评定波尔基亚《声音集》的价值和原创性倒没有多少贡献。书中语句在主题和口吻两方面表现出的威严，并非来自文学传统或先辈作家，而是源于独特的个人体验。纵观全书可能窥见的任何体系，要说是建立在某种逻辑之上，无他，不过是个人对生存的刻画而已。将全书合为一体的正是这种个人性，有些单独的句子难以捉摸，但恰恰是这种特质赋予它们不会被弄错的纯粹即时性——这正是它们作为"声音"的特点。

与此同时，《声音集》中的语句及这部作品整体都预设并探讨了一种"绝对"的存在、对这种"绝对"的认知即真理，以及这种认知的巨大益处。波尔基亚的表达不拥护任何学说，也不贴近任何教条体系，在这种意义上，它显而易见是一种亦精神亦文学的确证。它们见证的中心与形式的源起是个体生存的内心煎熬与畏怯，是穿越时代与境遇，于一瞥间捕捉到的现实，是感性与苦难的结果。在波尔基亚的语句里，正是这种自我披露的基底及其逻辑标识着它们无关神学，而与诗歌存在亲缘。

然而关于自我的现实，除了苦难，都并非确凿无疑。"我最后的信念就是受苦，于是我开始相信自己并没有受苦。"自我永远没有它所仰仗的更大的事物那样真实。"我们之所以能看见，是因为有某些看不见的东西在照亮我们。"波尔基亚的视角如此忠实，他将自身化入语言，太过犀利，又常常太过绝望，却不至于沦为说教。正相反，某些语句中蒸馏的苦难是纯净且深刻的讽刺——并非抵抗，而是接纳的讽刺。"所有的玩具都有坏掉的权利。""我把我不想要的东西丢出去，它就落在我触手可及的地方。"到头来，带着讽刺的接纳成了苦难与想象的基石，它把二者联结起来的方式昭示着，这种联结也许就是生而为人的特权。"人类哪儿都不去，所有的一切都自行前来，比如明天。"

1969 年

增订版小记

W.S.默温

20 世纪 60 年代末，我翻译了这本合集中的大部分警句，并写下了前文的引介。那时我知道波尔基亚《声音集》最终稿的内容，因为他寄给了我；但对波尔基亚这个人本身，我了解的却只有一星半点，确切说，也不过就是罗杰·凯卢瓦那个法语译本引文中的模糊细节。很显然，波尔基亚对凯卢瓦来说同样是个谜。那时波尔基亚已经垂垂老矣，健康状况明显堪忧。他寄来的零星信札都纤细而谦恭，蘸墨书写的手瘦削、文雅而又质朴，然而已有些虚弱。那些信也不算生硬或者冷淡，但有一点拘礼，而且都很简短，昭示着那种满载生平事迹的大量书信不太可能存在。那时在布宜诺斯艾利斯有位名叫福格尔曼（D.J.Fogelmann）的作家，多少照管着波尔基亚的出版事宜，也很明显在帮他料理生活中的一些实际问题。福格尔曼自然是位热心慷慨的人，但与他互通信函免不了谈事务的感觉，要借此挖掘波尔基亚的过往恐怕希望渺茫。不论怎样，我还是尝试了直接问询，结果一无所获。1967年，我筹得一笔资金，可以支付去布宜诺斯艾利斯的费用；当我还在攒钱以保证我到了那边能够生活的时候，我就写信给福格尔曼说我要过去。然而在我得以动身之前，他回信说波尔基亚病得很厉害，之后就说他过世了。

几年以后，我又被另一位阿根廷作家罗伯托·华洛斯（Roberto Juarroz）的诗歌吸引，开始翻译他的作品并与他通信。华洛斯有一首献给波尔基亚的诗，我问他关于这位年长者他知道什么，结果发现，他和他的妻子都曾属于波尔基亚晚年生活中最亲近的挚友，夫妻俩都为波尔基亚的作品写过东西。此外，华洛斯还发表过一些有关这位朋友的琐细往事，多亏他的大方慷慨，我才得以一窥波尔基亚这个奇特的生灵，他的正直与谦逊并未影响他成为20世纪50—60年代布宜诺斯艾利斯文学潮流小圈子里的争议人物——毕竟他之前甚至没有写作经历。

如我先前所知，波尔基亚出生于意大利。华洛斯说（"波尔基亚或重拾的深沉"，《复数》，墨西哥：第四卷，第11期，1975年8月）他的出生地是卡拉布里亚（Calabria），波尔基亚的父亲曾是一位神甫，因为放弃神职，不得不忍受多年居无定所、没有保障的生活。波尔基亚对童年的深层记忆就是颠沛流离，他的家庭从未在哪里长时间停留过。晚年时他很少提起自己的父亲抑或母亲，尽管在他的警句里面对双亲都有涉及。

二十几岁的时候，波尔基亚离开意大利，到了阿根廷。他先是在布宜诺斯艾利斯港当店员，之后又在一家印刷厂工作了数年。华洛斯说，他从未听波尔基亚对自己的命运发过一丁点牢骚。另一方面，"我从没见他为经济上的困难而感到烦躁或焦虑。"华洛斯还说，那些试图阻止波尔基亚作品获得承认的愚蠢和嫉妒也不曾使他困扰。"他做什么都不紧不慢的。"

华洛斯怀着特别的敬意提起波尔基亚的另一个特点，他称之为"非凡的深度注意力"。"当我们和他在一起的时候，我们听见的每一个词都在他漫无边际的注意力里变得深邃。他倾听的方式似乎能在他的伙伴中间创造一种深度。当他开口说话的时候，我们会觉得他仿佛在'从另一个世界'发声，随后他的声音又变得很近很近，比这个世界还要近得多。"

"有一天他告诉我，他还是个小孩子的时候，饿着肚子玩球，跳起来以后因为晕眩而跌倒。从那时起他就得出结论，饥饿并不妨碍快乐。"

华洛斯忆及有天下午，他和波尔基亚沿着拉博卡街散步；那儿是波尔基亚在布宜诺斯艾利斯最喜欢的街区之一，也属于整座城里最贫穷的地带——低矮的房屋刷着五颜六色的漆，移民来自世界各地，港口嘈杂，满是水手和装卸工的酒吧里传出喧哗和乐音。波尔基亚刚刚去见了一个他爱过的女人，那时她已然老迈，孤身一人，而且正在病中。"要陪伴某个人，"波尔基亚这样对华洛斯说，"不仅要在他们身边，更要在他们心里。"他曾经和一个名声不佳的女人相爱，并想和她结婚，但他们的关系导致这个女人遭到恐吓，两人于是不再和对方见面。

但是，"我们经常觉得，"华洛斯这样写道，"我们面前是一个注定孤独的人。"不过，波尔基亚并不"以文学或他人易得的陪伴来填补孤独，他依靠自己生命的深度来填补。他的孤独帮助他更完全地与他人同在，仿佛置身灵魂深处。和他在一起，我们才明白孤独何以同与世隔绝对立。"

"能让我们去拜访他的屋舍越来越小、越来越小，到后来，他不得不卖掉弟弟留给他的房子，买了一间更便宜的，离城中心也更远，这样他就可以依靠差价来维持一段时间的生活。但画家朋友们送的画，每一幅他都始终留着，他们当中包括一些阿根廷本世纪最有名望的画家……哪怕是在极端贫困的时候，一些朋友和合伙人都劝他卖掉其中一两幅画，他也从未放弃过任何一幅。他说他独自一人生活，需求微乎其微。很显然，他没有办法卖掉一件礼物。"

"像他这样朴素而洒脱的人，我从未见过第二个。他几乎从来不穿衬衫。夏天时他就穿着睡衣，冬天他就在一件更厚的外衣里面裹上一条围巾，用一枚发夹把它固定住。我们和他在一起的时候，他就在桌子上放一瓶葡萄酒、一点奶酪，一点萨拉米香肠和一点面包，都是他从自己单薄的腰包里掏钱去市场买的。"

"他把自己第一本书的一版一印几乎全都放在了一家艺术学院，当学院里某些人抱怨他的书占地方时，他就一声不响地把书移交给了公共图书馆。"

波尔基亚去世的时候华洛斯不在场。那是某个周末，波尔基亚被一些新朋友带到乡间的时候，他摔倒了，撞到了头部。他似乎没能从那场脑震荡中挺过来。在他就快去世的时候，有人做了他朗读自己《声音集》选摘的录音；他去世后又过了些时日，他的声音被布宜诺斯艾利斯一家广播电台用来放在每晚广播结束的时候。华洛斯回忆，在波尔基亚缓慢、深沉的话语中，依然留有外国口音的痕迹。

1988 年

声音集

Voces

Situado en alguna nebulosa lejana hago lo que hago, para que el universal equilibrio de que soy parte no pierda el equilibrio.

Quien ha visto vaciarse todo, casi sabe de qué se llena todo.

Antes de recorrer mi camino yo era mi camino.

Mi primer mundo lo hallé todo en mi escaso pan.

Mi padre, al irse, regaló medio siglo a mi niñez.

　　为了让有我一份力的宇宙平衡继续保持，我在一片渺远星云里做我应做之事。

　　看过万物倒空的人，差不多也知道了万物怎样充盈。

　　我的路走完以前，我曾是自己的路。

　　在手上不多的面包里，我完完整整地找见了我的第一片天地。

　　我父亲离开时，留下了半个世纪给我的童年。

Las pequeñeces son lo eterno, y lo demás, todo lo demás, lo breve, muy breve.

Sin esa tonta vanidad que es el mostrarnos y que es de todos y de todo, no veríamos nadad y no existiría nada.

La verdad tiene muy pocos amigos y los muy pocos amigos que tiene son suicidas.

Trátame como debes tratarme, no como merezco ser tratado.

细微之物方才永恒，其他的，所有其他的东西，都是短暂的，非常短暂。

自我表现，这种愚蠢的虚荣人人皆有、万物俱备；要是没有它，我们就什么也看不见，万物也都不会存在。

真相的朋友少得可怜，那一点点朋友都是自杀者。

你应怎样对我，你就怎样对我吧，不管怎样的对待都是我应得。

El hombre no va a ninguna parte. Todo viene al hombre, como el mañana.

Quien me tiene de un hilo no es fuerte; lo fuerte es el hilo.

Un poco de ingenuidad nunca se aparta de mí. Y es ella la que me protege.

Se me abre una puerta, entro y me hallo con cien puertas cerradas.

人类哪儿都不去，所有的一切都自行前来，比如明天。

用一根丝线拉着我的人并不强韧，强韧的是丝线本身。

在我身上始终不乏一点天真纯朴，也正是它将我保护。

有一扇门为我打开，我走进去，发现自己周围是一百扇关上的门。

Mi pobreza no es total: falto yo.

Si no levantas los ojos, creerías que eres el punto más alto.

No hallé como quien ser, en ninguno. Yme quedé, así: como ninguno.

El mal de no creer es creer un poco.

我的贫穷还不完整：缺了一个我。

如果不抬眼看看，你就会一直以为自己是至高点。

没有人与我相像，于是我就这样：像没有人。

不信有一点不好，即有一点点信。

Sé que no tienes nada. Por ello te pido todo. Para que tengas todo.

Vengo de morirme, no de haber nacido. De haber nacido me voy.

Me hicieron de cien años algunos minutos que se quedaron conmigo, no cien años.

Se vive con la esperanza de llegar a ser un recuerdo.

Casi no he tocado el barro y yo soy de barro.

　　我知道你什么都没有，所以我才问你要所有的一切，这样你就有了一切。

　　行将就木乃是我来路，呱呱坠地始为我去程。

　　百年的时光只造就几分钟在我身畔，而非百年。

　　人是怀抱着成为一段回忆的希冀而活的。

　　我几乎从未碰过烂泥，我是烂泥做的。

Creo que son los males del alma, el alma. Porque el alma que se cura de sus males, muere.

El hombre habla de todo y habla de todo como si el conocimiento de todo estuviese todo en él.

Una cosa sana no respira.

Mucho de lo que he dejado de hacer en mí, sigue haciéndose en mí, solo.

我认为灵魂的病痛才是灵魂本身，因为解除了所有的病痛，灵魂便归天了。

那个人无所不谈，他无所不谈，就好像他对无所不包学问的无所不知。

十全十美的东西没有气息。

有许多东西，我已经放弃养成，它们却自顾自在我身体里长起来。

Sí, están equivocados, porque no saben. Y si supieran...
Nada. Ni estarían equivocados.

Todos es como los ríos, obra de las pendientes.

Durmiendo sueño lo que despierto sueño. Y mi soñar
es continuo.

Las alturas guían, pero en las alturas.

Han dejado de engañarte, no de quererte. Y te parece
que han dejado de quererte.

是的，他们错了，因为他们不懂。假如他们懂……也没什么，那他们连错都不会错了。

所有的一切都跟河流一样，因为有斜坡，所以才形成。

睡着的时候，我也会梦见我醒着时梦想的东西。我的梦是连续的。

高度给人指引，欲求指引者，必先登临。

他们只是不再骗你，并没有不爱你，只不过在你看来好像是他们不再爱你而已。

A veces estoy como en un infierno y no me lamento.
No encuentro de qué lamentarme.

Un rayo de luz borró tu nombre. No sé más quién eres.

Cuando me conformo de nada es cuando me conformo
de todo.

El hombre, cuando es solamente lo que parece ser el
hombre, no es nada.

　　有时候我感觉自己好像身处地狱，但我并不为此自怨自艾。我找不到理由。

　　一道闪电抹去了你的名字。我再也不知道你是谁了。

　　我不去忍耐任何事情的时候，就是我忍耐所有一切的时候。

　　如果一个人仅仅是看起来像人的东西，他大概就什么也不是了。

Hallarás la distancia que te separa de ellos, uniéndote a ellos.

Cien hombres, juntos, son la centésima parte de un hombre.

Cuando lo superficial me cansa, me cansa tanto, que para descansar necesito un abismo.

El mal no lo hacen todos, pero acusa a todos.

　　和他们混在一起，你就将找到那段把你和他们隔开的距离。

　　一百个人在一块儿，就是百分之一个人。

　　有时粗浅之事实在使我疲劳，累得我需要一座深渊才好休息。

　　不是所有人都作恶，但恶指控所有人。

Lo pagado con nuestra vida nunca es caro.

Te ayudaré a venir si vienes y a no venir si no vienes.

Quien no llena su mundo de fantasmas, se queda solo.

A veces hallo tan grande a la miseria que temo necesitar de ella.

能够以我们的生命偿还的，都不是什么贵东西。

如果你要来，我就帮你来；如果你不来，我帮你不来。

若不让自己的世界充满幻影，人就孤独伶仃。

有时候我觉得苦难太过深重，以至于我对需要它感到害怕。

Tú crees que me matas. Yo creo que te suicidas.

El lamentarme por todo y de todo, creciendo, ha llegado a ser el lamentarme de mí mismo a mí mismo. Y crece todavía.

Lo lejano, lo muy lejano, lo más lejano, solo lo hallé en mi sangre.

El misterio apacigua mis ojos, no los ciega.

你觉得你杀了我，我觉得你杀了你自己。

我为世间万物、芸芸众生扼腕，这种痛惜之心日渐膨胀，已然变成我自己为自己对自己哀叹，却还生长不停。

所谓遥远、很遥远、最遥远的一切，我只能在自己的血液之中觅得。

玄妙之物可以抚慰我的双眼，但不会将我的双眼蒙蔽。

Cuando tu dolor es un poco mayor que mi dolor, me siento un poco cruel.

Quien dice la verdad, casi no dice nada.

Una cosa, hasta no ser toda, es ruido, y toda, es silencio.

El lodo, apartándolo del todo, no es más lodo.

若是你的苦痛比我的苦痛稍稍强烈一点，我就觉得稍稍有点残忍。

说真话的人几乎什么都没有说。

某物，在成为一切之前，都是噪声；在成为一切之后，便是寂静。

从烂泥中剥离出来，烂泥就不再是烂泥。

Desde hace mil años me pregunto: ¿qué haré ahora? Y aún no necesito responderme.

Nada no es solamente nada. Es también nuestra cárcel.

Cuando me encuentro con alguna idea que no es de este mundo, siento como si se ensanchara este mundo.

Mi pesadez viene de los precipicios.

千年以前我就开始自问，如今的我在做什么？至今我仍不必回答自己。

虚无并不是一片空洞，它还是我们的囚笼。

每当有不属于这个世界的想法出现在我脑海，我就觉得这个世界好像拓宽了。

我的倦意来自深涧。

La tierra tiene lo que tú levantas de la tierra. Nada más tiene.

Habla con su propia palabra sólo la herida.

Entra una nueva pena y las viejas penas de la casa la reciben calladas, no muertas.

Sí, trataré de ser. Porque creo que es orgullo no ser.

土地所拥有的，就是你从它身上收割的。除此之外它一无所有。

只有伤口才能以自己的言语述说。

家中又添了一件伤心事，旧有的那些仍未消亡，它们在一片死寂中将它迎接。

是的，我会尝试成为，因为我觉得拒不成为是一种傲慢。

Lo indomesticable del hombre, no es lo malo que hay en él: es lo bueno.

El día no puede burlarse de quien no se burla de la noche.

No, no entro. Porque si entro no hay nadie.

Nada, se dice de esto, de aquello, hasta se dice de todo. Sólo no se dice de nada.

　　人类是无法驯养的，这并不是人类的缺点，而是长处。

　　从不嘲笑黑夜的人，白日无法将他愚弄。

　　不，我不进去。因为我进去里面也没有人。

　　一片空无，人们聊这聊那，什么都聊，唯独不聊空无。

Quiero por lo que quise, y lo que quise, no volvería a quererlo.

Cuando creo que la piedra es piedra, que la nube es nube, me hallo en un estado de inconsciencia.

La flor que tienes en tus manos ha nacido hoy y ya tiene su edad.

A veces creo que no existe todo lo que veo. Porque todo lo que veo es todo lo que vi. Y todo lo que vi no existe.

我此刻所爱，缘于我过去所爱，而我过去所爱，将不复为我所爱。

当我相信石头就是石头、云朵就是云朵的时候，我身处一种无意识的状态。

你手中的花儿今天才刚刚诞生，却已有年龄。

有时候我觉得眼前看见的一切都不存在。因为我眼前看见的所有就是我曾看见的所有，而我曾看见的所有眼下都不存在了。

Las quimeras vienen solas y se van acompañadas.

Hay dolores que han perdido la memoria y no recuerdan por qué son dolores.

El hombre, cuando no se lamenta, casi no existe.

Dirán que andas por un camino equivocado, si andas por tu camino.

天马行空的幻想往往孤身而来，结伴而去。

有些苦痛失忆了，记不得自己究竟为何成了苦痛。

人没有丝毫悔恨的时候，几乎就不存在了。

你走自己的路，就会有人说你走错了路。

Una ala no es cielo ni tierra.

Tenemos un mundo para cada uno, pero no tenemos un mundo para todos.

El mal, débil, me agita; fuerte, me calma.

Nada termina sin romperse, porque todo es sin fin.

He llegado a un paso de todo. Y aquí me quedo, lejos de todo, un paso.

一只翅膀既非天堂亦非地狱。

我们给每人一个世界，却没有一个世界可以给所有人。

恶若是弱小，会使我动摇，恶若是强大，则使我沉静。

没有什么可以完完整整地走向终结，因为万事万物都是无穷无尽的。

我与世间万物只余一步之遥，并就此停驻，与一切保持距离，就一步。

Todos los soles se esfuerzan en encender tu llama y un microbio la extingue.

Más llanto que llorar es ver llorar.

El hombre es aire en el aire y para ser un punto en el aire necesita caer.

¿Habría este buscar eterno si lo hallado existiese?

El dolor no nos sigue: camina adelante.

　　所有的太阳都在努力点燃你的火焰，可一粒细菌就将它熄灭了。

　　比哭泣更痛彻心扉的是看别人哭泣。

　　人是空气中的空气，想成为空气中的一个点，人就必须坠落。

　　如果找到的东西都真实存在，还可能出现这种无止境的追寻吗？

　　痛苦并没有尾随我们：它走在我们前面。

Arrancamos a la vida la vida, para con ella, verla.

Cuanto no puede ser, casi siempre es un reproche a cuanto puede ser.

Has venido a este mundo que no entiende nada sin palabras, casi sin palabras.

Quien se queda mucho consigo mismo, se envilece.

我们将生活从生活中剥离，才好和她一起观望她自身。

实在不合情理，往往是对太过自然而然的一种指责。

你出生的这个世界理解不了任何无言的存在，可你来时几乎不会说话。

人独处的时间太长，就会变得鄙陋卑下。

Percibimos el vacío, llenándolo.

Dios le ha dado mucho al hombre: pero el hombre quisiera algo del hombre.

Cuando todo está hecho, las mañanas son tristes.

El ir derecho acorta las distancias, y también la vida.

我们在填补空白的同时方才感知它的存在。

上帝给人的已经很多了，但人还惦记着从人身上得到点什么。

所有的事情都做完了，明天就变得很忧伤。

抄近道可以缩短距离，也一样能缩短生命。

En plena luz no somos ni una sombra.

Cada uno crees que sus cosas no son como todas las cosas de este mundo. Y es por ello que cada uno tiene sus cosas.

Donde no hay un bien para mostrarlo, la noche es un bien.

El árbol está solo, la nube está sola. Todo está solo cuando yo estoy solo.

Mueren cien años en un instante, lo mismo que un instante en un instante.

在太阳底下，我们甚至算不上一抹阴影。

人人都觉得自己的东西和世上其他的东西不一样，所以才人人都有自己的东西。

在没有财富可供示人的地方，夜晚就是一笔财富。

树也孤单，云也孤单。我孤单的时候，万物都孤单。

百年消亡只需一瞬，和一瞬一样，只需要一瞬。

El dolor está arriba, no abajo. Y todos creen que el dolor está abajo. Y todos quieren subir.

Mi cuerpo me separa de todo ser y de toda cosa. Nada más que mi cuerpo.

A veces, de noche, enciendo una luz para no ver.

No sale de lo malo quien está en él, porque teme encontrarse... con lo malo.

痛苦在上头，不在下头。但大家都觉得痛苦在下头，于是人人都想往上爬。

我的身体将我与所有生物和所有物体分离开来，除了我的身体，再无其他。

有时候，在夜里，我点起灯来是为了不要看见。

困于恶中的人不出来，因为他害怕迎头……撞上恶。

Si no has de cambiar de ruta, ¿por qué has de cambiar de guía?

Cuanto menos uno cree ser, más soporta. Y si cree ser nada, soporta todo.

Veía yo un hombre muerto. Y yo era pequeño, pequeño, pequeño... ¡Dios mío, qué grande es un hombre muerto!

Sí, es necesario padecer, aun en vano, para no vivir en vano.

你若不是要改路线，为什么要换向导？

一个人越觉得自己渺小，他能忍受的就越多。如果他觉得自己什么都不是，他就可以忍受一切。

我看见了一个死人。然后我就越来越小、小、小……我的上帝啊，一个死人是多么高大！

是的，必须吃苦，即便是白白吃苦也一样，这样才不算白活。

Nadie entiende que lo has dado todo. Debes dar más.

El matador de almas no mata cien almas; mata una alma sola, cien veces.

Quien no sabe creer, no debiera saber.

Sólo algunos llegan a nada, porque el trayecto es largo.

没人懂得你已经付出了全部。你必须付出更多。

灵魂的杀手并没有杀死成百的灵魂，而是杀死一个灵魂上百次。

不知道相信的人就不该知道。

因为路途太远，只有一部分人能够抵达空无。

Estoy tan poco en mí, que lo que hacen de mí casi no me interesa.

Donde hemos puesto algo, siempre creemos que hay algo, aunque no haya nada.

Si pudiera dejar todo como está, sin mover ni una estrella, ni una nube. ¡Ah, si pudiera!

Las certidumbres sólo se alcanzan con los pies.

El hombre, cuando sabe que es una cosa cómica, no ríe.

　　我在我之中是如此无足轻重，连别人拿我做什么都提不起我的兴趣。

　　当我们放下了什么，我们总觉得那里的确有些什么，尽管实际上可能什么都没有。

　　如果能让一切都保持原样就好了，不要动哪怕一颗星，一片云，啊，这样该有多好！

　　实打实的事情必须靠双脚去抵达。

　　知道是笑料，人就不会笑了。

En mi silencio sólo falta mi voz.

La pena humana, durmiendo, no tiene forma. Si la despiertan, toma la forma de quien la despierta.

Mis verdades duran poco en mí: menos que las ajenas.

El niño muestra su juguete, el hombre lo esconde.

Algunas cosas se hacen tan nuestras que las olvidamos.

在我的静默之中唯独缺了我的声音。

人类的苦痛，当它沉睡，就无可名状。当它被唤醒，就化形成叫它起来的人。

我的真实在我之中存续时间不长：比那些属于他人的更为短暂。

孩子展示自己的玩具，大人则将它藏起来。

有些事物已经如此彻底地归于我们，以至于被我们遗忘了。

Te quiero como eres, pero no me digas cómo eres.

Si no creyera que el sol me mira un poco, no lo miraría.

La confesión de uno humilla a todos.

Cerca de mí no hay más que lejanías.

　　我爱你本来的模样，但不要对我说你是什么样子。

　　假如我根本不相信太阳稍稍照耀着我，我就不会望向它了。

　　一个人的忏悔羞辱所有人。

　　在我身畔只有远方。

Cuando yo muera, no me veré morir, por primera vez.

Tu dolor es tan grande que no debiera dolerte.

Mis culpas no irán a otras manos por mi culpa. No quiero otra culpa en mis manos.

Sí, me apartaré. Prefiero lamentarme de tu ausencia que de ti.

当我死去时，我不会是第一次看着我死去。

你的苦痛太深重，已经无法使你感到痛苦。

我的过错不会因为我的过错成为别人的过错。我不想自己手上再多一个过错。

是的，我要走了。我宁可遗憾你的缺席，也不愿为你而叹息。

Cuando me hiciste otro, te dejé conmigo.

Hace mucho que no pido nada al cielo y aún no han bajado mis brazos.

Qué te he dado, lo sé,. Qué has recibido, no lo sé.

Las sombras: unas ocultan, otras descubren.

你把我变成另一个人的时候，就是我把你留在身边的时候。

我对天堂一无所求已经很久，但我的双臂至今仍未垂下。

我知道我给了你什么，但我不知道你收到了什么。

阴影：有的藏匿，有的揭露。

El corazón es un infinito de pesadísimas cadenas, encadenado puñaditos de aire.

Pártase de cualquier punto. Todos son iguales. Todos llevan a un punto de partido.

Estás atado a ellos y no comprendes cómo, porque ellos no están atados a ti.

Viéndome, me pregunto: ¿qué pretenden verse los demás?

心灵是无尽的沉重锁链，拴着空气的小拳头。

你就从随便哪个点出发吧，它们都是一样的，都会把你引向一个出发点。

你和他们捆绑在一起，却不明白怎么回事，因为他们没有和你捆绑在一起。

当我观照自己，我自问：别人都期待在自己身上看到什么呢？

Otra vez no quisiera nada. Ni una madre quisiera otra vez.

La pérdida de una cosa nos afecta hasta no perderla toda.

Sí, eso es el bien: perdonar el mal. No hay otro bien.

Estás triste, porque te abandonan y no estás caído.

De lo que tomo, tomo de más o de menos, no tomo lo justo. Lo justo no me sirve.

我又一次什么都不想要了，又一次，甚至连一位母亲都不想要。

失去一样东西会影响我们，直到我们将它彻底失去。

是的，这就是善：去原谅恶。没有其他的善。

你很难过，因为你被抛弃了，却没有倒下。

每当我拿取什么，总要拿得多些或少些，我不取恰好的量。恰好的量我用不着。

El frío es un buen consejero, pero es frío.

No creo en las excepciones. Porque creo que de uno solo no hay nada. Ni la soledad.

Te asusta el vacío, ¡y abres más los ojos!

Cuando no se quiere lo imposible, no se quiere.

Cuanto sé no me sirve ni para saberlo.

冷漠是一位好参谋，就是没有人情味。

我不相信例外，因为我相信没有什么是独属于某人的，包括孤独。

空洞把你吓坏了，你就把双眼瞪得更大！

人倘若不爱痴心妄想，他就什么都不爱。

我知道的再多，都不能帮我懂得。

Todo es un poco de oscuridad, hasta la misma luz.

Sí, me ocupo de mí, pero he olvidado qué significa ocuparme de mí.

Yo no estoy conforme de ti. Pero si tú tampoco estás conforme de ti, yo estoy conforme de ti.

Algunas cosas, para mostrarme su inexistencia, se hicieron mías.

一切都是一缕暗，包括光本身。

是的，我一直在为自己奔忙，但我已经忘了为自己奔忙有什么意义。

我对你不满意，但如果你对自己同样不满意，我就对你感觉满意了。

有些东西为了向我展示它们并不存在，就自己变成了我的。

No usar defectos, no significa no tenerlos.

No tienes nada y me darías un mundo. Te debo un mundo.

El hombre ciego lleva una estrella sobre sus hombros.

Sé que anduve de lo antes breve a lo después eterno de todas las cosas, pero no sé cómo.

不常用缺陷，不代表没有。

你一无所有，却想给我一个世界，我欠你一个世界。

盲人肩上扛着一颗星星。

我知道我从万物短暂的过往走到了它们永恒的将来，但我不知道怎么走过来的。

El hombre vive midiendo, yo no es medida de nada. Ni de sí mismo.

Mi dignidad le pide a quien no me hace daño que no me haga daño, y a quien me hace daño no le pide nada.

Cuanto he perdido lo hallo a cada paso y me recuerda que lo he perdido.

Mis partículas de tiempo juegan con la eternidad.

　　人一生都在不断度量，却不是任何事物的度量衡，甚至无法度量自己。

　　我的尊严请求不伤我的人不要伤我，向伤我的人不提任何要求。

　　每走一步，我都会碰见我已经失去的东西，提醒着我我已经失去它了。

　　我的时间粒子在游戏永恒。

Mi última creencia es sufrir. Y comienzo a creer que no sufro.

Y si el hombre fuese bueno, su bondad sería lo mismo que nada. Porque no le costaría nada su bondad.

Con mi encadenamiento a la tierra pago la libertad de mis ojos.

Herir el corazón es crearlo.

El temor de separación es todo lo que une.

　　我最后的信念就是受苦，于是我开始相信自己并没有受苦。

　　如果一个人原本就很好，他的好意就什么都不是，因为他的好意不费吹灰之力。

　　我把自己束缚在大地上，以此来交换双眼的自由。

　　伤害一颗心就是造就它。

　　使结合得以维持的无非就是对分离的恐惧。

Cuando busco mi existencia, no la busco en mí.

Si no nos dieran nada quienes no nos deben nada, ¡pobres de nosotros!

Si no me olvidase de lo que no he sido, me olvidaría de mí.

Cuando me parece que escuchas mis palabras, me parecen tuyas mis palabras y escucho mis palabras.

当我寻觅我的存在，我不会在自身当中求索。

如果那些不亏欠我们的人就什么也不给我们，我们多可怜啊！

如果我忘了我不曾是什么，我就忘了自己。

当我发觉你在听我讲话，我的话就好像变成了你的话，于是我听着自己讲话。

En el último instante, toda mi vida durará un instante.

Cuando ya nada me quede, no pediré más nada.

El alma de todos sólo es el alma de cada uno.

Me es más fácil ver todas las cosas como una cosa sola, que ver una cosa como una cosa sola.

Cada vez que me despierto, comprendo que es fácil ser nada.

在最后的一刻，我的整个一生将只存续一刻。

当我一无所有，我会一无所求。

大家的灵魂，只不过是每个人的灵魂。

对我来说，把万物看作一物，比仅仅把一物当做一物更容易。

每次醒来，我都意识到做个无名小卒是件轻松的事。

Iría al paraíso, pero con mi infierno; sólo, no.

Quien asciende peldaño a peldaño, se halla siempre a la altura de un peldaño.

Todo lo que cambia, donde cambia, deja detrás de sí un abismo.

Eres un fantoche, pero en las manos de lo infinito, que tal vez son tus manos.

我会去天堂的，但要带着我的地狱一起；我是不会自己去的。

从一个台阶走上另一个台阶的人，总以为自己的高度就是一个台阶。

所有变化之物，在它变化之处，其后都留下一个深渊。

你是一个木偶，却身在无垠之手中，这双手可能正属于你自己。

Se va igualando todo. Y es así como se acaba todo; igualándose todo.

En lo superficial, si no eres superficial, necesitas que te lleve de la mano alguien superficial.

El hombre es débil y cuando ejerce la profesión de fuerte es más débil.

Las coas reales existen mientras les atribuimos virtudes o defectos de cosa irreales.

万事万物都在不断趋同。一切就是这样终结的：如出一辙。

在浅薄之中，如果你不浅薄，就需要某个浅薄的人牵着你的手。

人类是弱小的，当他以强悍为职业的时候他就更弱小。

我们将虚假的美德与缺陷加诸真实，而真实兀自存在。

La tragedia del hombre es mayor cuando se la deja caer.

Donde se lamentan todos, no se oyen lamentos.

El sol ilumina la noche, no la convierte en luz.

Lo que no quiero, al arrojarlo de mis manos, va a caer al alcance de mis manos.

Todos juguetes tiene derecho a romperse.

人类的悲剧，如果任它滚落，它就变得更大。

所有人都哀叹的地方，就听不见呻吟声了。

太阳照亮夜晚，但不会把它变成光明。

我把我不想要的东西丢出去，它就落在我触手可及的地方。

所有的玩具都有坏掉的权利。

Todos lo que llevo atado en mí, se halla suelto, en cualquier parte.

Ellos también son como yo, me digo. Y así me defiendo de ellos. Y así me defiendo de mí.

Mis cosas totalmente perdidas son aquellas que, al perderlas yo, no las encuentran otros.

He sido para mí, discípulo y maestro. Y he sido un buen discípulo, pero un mal maestro.

所有我绑在自己身上的东西都会四散分离，随处零落。

他们和我是一样的，我这样对自己说。于是我在他们面前捍卫自己，如同在自己面前捍卫自己。

那些我彻底遗失的东西，是我弄丢以后没有人再找见的东西。

我既是我自己的弟子，也是我自己的老师。我是一个好弟子，一个坏老师。

Nadie puede no ir más allá. Y más allá hay un abismo.

Mis muertos siguen sufriendo el dolor de la vida en mí.

Voy perdiendo el deseo de lo que busco, buscando lo que deseo.

Yo también tuve un verano y me quemé en su nombre.

那个世界没人可以不去。在那个世界有一座深渊。

我的亡人在我之中继续遭受着生之苦痛。

在对期待之物的求索中，我渐渐不再期待我所求。

我也曾拥有一个夏天，我在它的名姓中燃尽了自己。

En una alma llena cabe todo y en una alma vacía no cabe nada. ¡Quién comprende!

Te deben la vida y una caja de fósforos y quieren pagarte una caja de fósforos, porque no quieren deberte una caja de fósforos.

Cuando no creo en nada, no quisiera encontrarme contigo, cuando no crees en nada.

Aveces creo que el mal es todo y que el bien es sólo un bello deseo del mal.

　　一个丰盈的灵魂可以容纳一切，一个空洞的灵魂却什么也盛不下，谁明白呢！

　　他们欠你生活和一盒火柴，就想给你一盒火柴，因为不想欠你哪怕一盒火柴。

　　我不相信一切的时候不愿遇见你，在你也不相信一切的时候。

　　有时我相信世间皆恶，而善不过是恶的一个美好愿望。

Como sólo me preparo para lo que debiera sucederme, no me hallo preparado para lo que me sucede. Nunca.

El sabor a "mío" no es amargo, pero no alimenta a nadie.

Y si todavía encuentras algo, no has perdido todo. Te falta perder algo todavía.

Los niños que nadie lleva de la mano son los niños que saben que son niños.

Un corazón grande se llena con muy poco.

当我只为应该发生在我身上的事情做好准备时，总不能为最终发生在我身上的事情做好准备。从来没有过。

"我的"滋味并不苦涩，却不能滋养任何人。

如果你仍可以找见什么，你就没有失去一切。你还得失去点什么。

那些没有牵着任何人的孩子，是知道自己是孩子的孩子。

一颗宽广的心，只要一点点东西就能填满。

Si pudieras salir de tus penas y salieras de tus penas, ¿sabrías adonde ir fuera de tus penas?

El amor que no es todo dolor, no es todo amor.

Se aprende a no necesitar, necesitando.

Si yo fuera quien se conduce a sí mismo, no iría por la senda que conduce a morir.

假如你能从悲痛中走出来，就从悲痛中走出来
了，你会知道从悲痛中走出来以后要往哪儿去吗？

不全是疼痛的爱，不全是爱。

人在欲求中学会无欲无求。

倘若我是那种能够自我引导的人，我就不会走向
死亡了。

Lo que sé lo soporto con lo que no sé.

Y si las nubes creen que vuelan con sus alas, vuelan con sus alas, pero no podrán dominar sus alas.

La condenación de un error es otro error.

Palabras que me dijeron en otros tiempos, las oigo hoy.

Mientras creemos tener algún valor, nos hacemos daño.

　　我仰仗我所不知的一切，去忍受我所知的一切。

　　如果云相信自己靠翅膀飞翔，它们就靠翅膀飞翔，但它们无法掌控自己的翅膀。

　　对一个错误进行宣判是另一个错误。

　　过往别人曾告诉我的，如今我方才听闻。

　　当我们相信自己拥有某些价值，它们就会危害我们。

Mi nombre, más que llamarme, me recuerda mi nombre.

Cuando rompo algunas de las cadenas que encadenan, siento que me disminuyo.

¿Y para qué debo arrepentirme de lo que he hecho, si no puedo dejar de hacerlo que hago, que es lo que he hecho?

Llevo mis manos vacías, por lo que hubo en mis manos.

　　我的名字不止是为了呼唤我，更是为了让我想起我姓甚名谁。

　　每当我打破一些束缚我的锁链，我都感觉自己变得渺小。

　　假如我手上的事情不能停止，而它又正是我一直以来所做的，我为什么要为自己所做的一切后悔？

　　为了曾经在我手中的事物，我如今空着双手。

La humanidad no sabe ya adonde ir, porque nadie la espera: ni Dios.

He abandonado la indigente necesidad de vivir. Vivo sin ella.

No llora quien no encuentra una fuente donde verter su llanto.

Mi yo ha ido alejándose de mí. Hoy es mi más lejano tú.

　　人类已经不知何去何从，因为没有人期待前路：
连上帝都不。

　　我已经放弃对生活的贫瘠需求，我一无所求地
活着。

　　无处倾倒呼号的人是不会哭的。

　　我的我已经远离了我，如今它成了我遥远的你。

Te cuentas un sueño, siempre. ¿Y cuándo lo sueñas?

Ya no sabe qué hacer, ni cuando te vuelves un niño. Y es triste el ver a un niño que ya no sabe qué hacer.

Quien ha hecho mil cosas y quien no ha hecho ninguna, sienten iguales deseos: hacer una cosa.

Si yo te diera la vida, ¿qué podría darte?

你始终在讲述一个梦，你是什么时候做的梦呢？

你已经不知做点什么好了，就算重新变成孩子也一样。看见一个孩子不知做点什么好可真叫人难过。

已经做了很多很多事的人，和什么都没有做的人拥有相同的愿望：做点什么。

假如我准备给你我的一生，我还有什么可以给你呢？

Cuando me acerco a un alma, no llevo el deseo de conocerla; cuando me alejo, sí.

Cuando no ando en las nubes, ando como perdido.

Los méritos de una cosa no vienen de ella: van a ella.

El mal que no he hecho, ¡cuánto mal ha hecho!

　　走近一个灵魂的时候，我并不期待去认识它；远离它的时候，我却这样期待着。

　　我不在云里雾里走，就仿佛迷失了道路。

　　事物的好并非来自它自身，而是去向它那儿。

　　我没有做的坏事，做了多少坏事呀！

En todas partes mi lado es el izquierdo. Nací de ese lado.

Cuando me llaman "mío," no soy nadie.

Hasta el más pequeño de los seres lleva un sol en los ojos.

Si eres bueno con éste, con aquél, éste, aquél dirán que eres bueno. Si eres bueno con todos, nadie dirá que eres bueno.

无论身在何处，我都是左派。我生来就是左派。

当别人唤我作"我的……"，我就谁都不是。

即便是最微小的生物，眼中也映着一个太阳。

假如你对这个人好、对那个人好，这个人那个人都会夸你好。假如你对所有人好，就没有人会夸你好。

Quien hace un paraíso de su pan, de su hambre hace un infierno.

Todo se había quedado sin engaño, esa vez. Y esa vez tuve miedo de todo.

Lo irreparable no lo hace nadie: se hace solo.

Yo le pediría algo más a este mundo, si tuviese algo más este mundo.

Temer no humilla tanto como ser temido.

从面包里得到天堂的人，在饥饿中就会落入
地狱。

那一次，一切都已明明白白；那一次，一切都使
我恐惧。

所谓的无可挽回，不是任何人造成的，而是自然
形成的。

假使这世界还拥有什么其他的东西，我就会去索
求其他的东西。

令人害怕比害怕更可耻。

Lo que dieron sus alas están tristes, de no verlas volar.

No ves el río de llanto porque la falta una lágrima tuya.

La pobreza ajena me basta para sentirme pobre; la mía no me basta.

Vemos por algo que nos ilumina; por algo que no vemos.

那些将自己的翅膀托付出去的人，看不见它们飞翔就会难过。

你看不见泪流成河，是因为其中没有哪一滴来自你的双眼。

我自己的贫苦还不够，只有他人的贫苦才能令我感觉贫苦。

我们之所以能看见，是因为有某些看不见的东西在照亮我们。

No hables mal de tus males a nadie, que hay culpas de tus males en todos.

Quien ha visto con los ojos abiertos, puede volver a ver, pero con los ojos cerrados.

Si nacen algunas flores, cuando no es primavera, no las dejes crecer.

Se puede no deber nada devolviendo la luz al sol.

不要向任何人痛陈你的不幸，因为人人都对你的不幸负有一点责任。

睁着眼看世界的人，还可以再看世界一次，只是要闭上眼。

假使时节并非春日，却有花儿萌发，就不要任它生长。

把日光都还给太阳，你才算是还清了所有的债。

Mi gran día vino y se fue, no sé cómo. Porque no pasó por el alba al venir ni por el crepúsculo al irse.

Lo antes que yo y lo después que yo casi se han unido, casi son uno solo, casi se han quedado sin yo.

Comencé mi comedia siendo yo su único actor y la termino siendo yo su único espectador.

En el sueño eterno, la eternidad es lo mismo que un instante. Quizá yo vuelva dentro de un instante.

我不清楚对我意义重大的日子是怎样来了又去，因为它来时未曾经过黎明，去时也未曾经过日暮。

在我生前与我身后的一切几乎已经相遇，已经合而为一，而我几乎已经消弭。

我的戏由我开场时，我是它唯一的演员；当它由我落幕时，我是它唯一的观众。

在无尽的梦中，永恒亦不过是须臾。也许我转眼就回来。

Enaquelmundoyo sabía que me mataba el bien, perocreía que me mataba el mal.

Loque digo, ¿quién lo dice? ¿A quién lo dice?

Ysicuantoencuentrasesencuantobuscas, siempre, envanoencuentras, envanobuscas.

Estoyen el ayer, en el hoy. ¿Y en el mañana? En el mañanaestuve.

在那个世界里，我知道正在将我杀死的是善，但我却相信那是恶。

我自己对自己说的那些话，究竟是谁说的呢？又是对谁说的呢？

假如每次你寻找什么都会马上得到，你就永远在徒劳地寻找，无益地得到。

我在昨天，在今天，那明天呢？我曾在明天。

El sueño que no se alimenta de sueña desaparece.

Todo es nada, pero después. Después de haber sufrido todo.

La noche es un mundo que la misma noche alumbra.

Casi siempre es el miedo de ser nosotros lo que nos lleva delante del espejo.

不以梦为养料的梦会消失。

一切都是虚无，但这个是之后的事。在经历所有苦痛之后，一切才成为虚无。

夜是由夜本身照亮的世界。

将我们带到镜前的往往是做我们自己的恐惧。

Porque saben el nombre de lo que busco ¡creen que saben lo que busco!

Cuando tú y la verdad me hablan, no escucho a la verdad. Te escucho a ti.

No podrá esperarte más. Porque has llegado.

Mis venas, más allá de mi cuerpo, no son visibles.

他们知道我找的东西叫什么名字，就以为他们知道我追求的是什么！

当你与真理同时向我述说，我不会聆听真理，我聆听你。

他不能再等你了，因为你已经抵达。

我的血管在我身体之外是看不见的。

Las cadenas que más nos encadenan son las cadenas que hemos roto.

Ser alguien es ser alguien solo. Ser alguien es soledad.

Lo que dicen las palabras no dura. Duran las palabras. Porque las palabra son siempre las mismas y lo que dicen no es nunca lo mismo.

Hieres y no volverás a herir. Porque hieres y te apartas. No acompañas a la herida.

把我们捆得最紧的，正是那些我们已经打破的锁链。

成为某人就意味着独自一人。成为某人就意味着孑然一身。

言语传达的东西无法存续，存续的惟有言语本身。因为言语永远千篇一律，但它传达的内容却各不相同。

你一旦去伤害，就难免再次去伤害。因为你去伤害之后便会远走，你不会陪着那伤口。

Prefiero al mejor de los refugios las puertas de cualquier refugio.

El verdadero "está bien" me lo digo en el suelo, caído.

Lo importante y lo no importante no son iguales sólo en sus comienzos.

Toda verdad parte de lo recién nacido. De lo que no estaba.

每一处庇护所，最好也是我最喜欢的地方就是它的门。

我倒下牺牲的时候，会真心实意地对自己说"好了"。

要紧和不要紧的事情，只有在起初的时候才有所不同。

一切真理都从新生事物出发，从过往并不存在的事物出发。

La esperanza no es de las flores. Porque la esperanza es un mañana y las flores no tienen un mañana.

Pequeño es aquel que para mostrarse esconde.

Siempre me fue más fácil amar que elogiar.

希望不属于花儿。因为希望就是某种未来，但花儿没有未来。

为了自我表现而遮遮掩掩的人是很卑鄙的。

对我来说，去爱永远比去赞美更轻松。

译后记

2018 年春，我经恩师引介，接触到波尔基亚的《声音集》，并接受了将这部作品从西班牙语原文译介给中国读者的工作。之所以对波尔基亚发生兴趣，原本是因为《声音集》中零散的诗歌写作形式与我的研究对象拉蒙·戈麦斯·德拉塞尔纳有相似之处，但是真正走近波尔基亚的作品，感受又大不相同。

波尔基亚的生平在前文英译者默温的两篇小记中已经交代，此处不再赘述。他乏善可陈的履历同大众对诗人的刻板印象之间有极大的落差，我们不清楚他是否接受过正规的教育，也没有证据显示他曾受到文学艺术方面的熏陶；他的职业没有任何高雅趣味可言，一个编筐匠、印刷工，朴实得让人很难把他同诗歌创作联系起来。我们无法从波尔基亚的生活中追溯他作为诗人的源起，比起通常意义的诗人，他更像一个古典时代的哲学家，一个未曾年轻过的人：谈起童年和暮年都一样波澜不惊，在时间的流逝中垂手伫立，恒常孤独、持久忍耐、凡事宽容。

阅读波尔基亚，时常引人思索，他如何能在从来瘠薄的物质生活中获得一种奇妙的心灵自足，沉默地践行着罗曼·罗兰的英雄主义，"认清世界的真相并依然爱它"。在波尔基亚看来，人生而孤独："你诞生的这个世界理解不了任何无言的存在，可你来时几乎不会说话。"每个人都活在自己的方寸天地中，并不存在真正意义上可以共享的生存空间。"我们给每人一个世界，却没有一个世界可以给所有人。""若不让自己的世界充满幻影，人就孤独伶仃。"也许是青少年时就不得不工作维持家计的缘故，在波尔基亚故人的回忆里，他是一块早早被生活打磨抛光的卵石，仿佛对一切艰难困苦都逆来顺受。这样的生活态度，在《声音集》中处处留痕："我已经放弃对生活的贫瘠需求，我一无所求地活着。""你的苦痛太深重，已经无法使你感到痛苦。"诗人甚至对这种无条件的接纳抱有一种苦行僧式的尊崇，认为"灵魂的病痛才是灵魂本身"。无怪乎评论界会将他的思想同某些东方宗教作对比。

难能可贵的是，尽管自身遭受了许多磨难，波尔基亚仍不能对他人的苦痛熟视无睹，甚至出言批判这样漠然的目光："你看不见泪流成河，是因为其中没有哪一滴来自你的双眼。"能够更进一步体现诗人品性的还是他对人性本恶的认知，以及与此相伴的、令人惊异的宽和。在《声音集》中他表示："有时我相信世间皆恶，而善不过是恶的一个美好愿望。"数行之后他又自语："是的，这就是善：去原谅恶。没有其他的善。"在命运洪流中颠簸一生的波尔基亚，对个体的渺小与无力深有体会，如他所说，"在太阳底下，我们甚至算不上一抹阴影"；同时，他又自认因其创作而在永恒无垠的时空中拥有稍稍广阔的视野，"每当有不属于这个世界的想法出现在我脑海，我就觉得这个世界好像拓宽了"。在沉黯如深渊的绝望里，文字在某种意义上成为一种突破性的小小火花，给人以生之光亮。"假如我根本不相信太阳稍稍照耀着我，我就不会望向它了。"这样没有来由的相信或许是支撑任何一位诗人写作的动力。

　　作为译者，完成全书的翻译后再回头看，只觉得波尔基亚的文字像有魔法的水晶，乍看简单得透明，可所有解读的企图却都无异于对它内涵的局限甚至破坏。这使我绝不敢将自己的话写在前面，即便是在诗集的末尾出现，我仍要不厌其烦地提醒读者，以上仅仅是某一个体的感受，期待你有别样的视角，若不吝赐教就更好。另一方面，作为读者和一个爱好写作的普通人，我因这本书而愈加相信文字有其力量。有时候讲述不仅是讲述，书写亦不仅是书写。无论是春风得意疾疾马蹄，还是行路艰难茫然四顾，我们借文字记录生命里值得铭刻的全部：所有盛大或沉静的瞬间。我正是为此而活。

最后，感谢我的导师范晔老师、编辑何家炜先生、友人芥末在本书翻译及出版过程中给予我的帮助。在北京塞万提斯学院里有芥末的书店仟雨集，欢迎各位有机会时去找他一起读书。